LE DIOGÈNE

D'HÉGÉSIPPE MOREAU

Paris. — Typographie LACRAMPE et Comp., rue Damiette, 2.

LE DIOGÈNE

D'HÉGÉSIPPE MOREAU

CONTINUÉ

PAR JULES MICHEL-FRANQUÉLY

> Oh ! le siècle entendra les chants que je lui livre ;
> Il n'aura pas ouvert ma tombe avant mon livre.
>
> H. MOREAU

LIVRE PREMIER.

PARIS
CHEZ ÉBRARD, LIBRAIRE-ÉDITEUR,
PASSAGE DES PANORAMAS, 61.

1843

LA LIBERTÉ

AUX HOMMES D'UNE VILLE DU MIDI.

Comme un fruit du climat, non moins que la beauté,
Le soleil peut aussi mûrir la liberté,
Femme aux beaux cheveux noirs glissant sur son épaule,
Dont le regard ardent rendit la France folle
Lorsque son pied foulait les féodales tours.
Belle de sa beauté, méprisant les atours,
Elle n'a d'ornements sur sa tête rougie
Que le simple bonnet des filles de Phrygie.
Nos pères la trouvant belle en sa nudité,
Lui firent les honneurs d'une divinité;
Les jeunes gens l'aimaient, d'elle ils étaient avides,
Et leur amour venait parer ses temples vides.
Ses pieds nus foulaient l'or semé de diamants,
Dons que, sans calculer, prodiguaient ses amants;
Et quand elle trouvait ces parures trop vaines,
Ils lui donnaient alors tout le sang de leurs veines.

Lorsqu'ayant dit : Je veux ! les rois répondaient : Non !
Elle fondait son or au moule du canon.
O fille qui naquis sans doute aux chaudes zones
Où le cheval écume au frein des Amazones !
Elle aimait les combats, les bivacs sur les monts ;
L'air de poudre noirci dilatait ses poumons ;
Elle faisait vainqueurs ceux qui la disaient belle
Dans le sanglant tournois que l'on ouvrait pour elle.
Oh ! cet hymne du cœur que j'abandonne aux vents
Trouvera, j'en suis sûr, des auditeurs fervents ;
Car, un jour que j'étais dans la ville aux grands dômes,
Voici ce que j'appris de vous par d'autres hommes :
Vous entriez, disaient-ils, dans la salle des jeux,
Mais portant tous au front un nuage orageux ;
L'étincelle jaillit, et, vivantes cymbales,
Vos voix dirent le chant qui domine les balles ;
L'hymne des Marseillais, dans un respect profond,
Élancé du parterre ébranla le plafond ;
Et, pendant que montaient les strophes dans la nue,
Vieillards et jeunes gens étaient là tête nue.
C'est bien ! car au grand jour nul ne fera défaut.
France, je l'avais dit, leur sang est jeune et chaud,
Et j'en crois, tout ému, ces paroles altières,
Ils le pourraient un jour verser sur tes frontières.

LA TRAITE DES FEMMES

Mon rêve, malgré moi, m'entraîne à ces pays
Terre des verts palmiers et des champs de maïs,
Où la traite des blancs, à la France inconnue,
Livre sur les marchés, là-bas, la vierge nue.
Ici, certe, elle peut, au bord du flot amer,
Se baigner sans penser aux écumeurs de mer,
Car la loi garantit la plage occidentale
De ces bazars honteux, où la beauté s'étale.
Les marchands de Stamboul, le juif avide d'or,
Le pirate qui fond sur la vierge qui dort,
Giaour renégat qui règne sur sa bande,
Ne font pas dans nos ports l'infâme contrebande
Des femmes qu'ils ont pris captives dans leurs rets,
Négresses au teint noir, juives aux seins dorés,
Ou parmi les parfums, selon la fantaisie,
Beauté du mont Caucase, empruntée à l'Asie ;
Et nous n'apportons pas ici l'or à leur camp
Afin de marchander ces femmes à l'encan.

Mais nous avons ici, je ne dois pas le taire,
Des marchés plus honteux conclus chez un notaire;
Car, à l'or du vieillard, quand elle tend la main,
C'est la mère qui pousse au glacial hymen.
Du moins, dans le harem, quand la fille de Grèce,
Odalisque parée, étale sa mollesse,
Sa mère, pauvre et fière, à l'infâme traitant
Ne vient pas demander l'or impur du sultan.

Ces ventes par contrat sont des choses si viles,
Qu'en vain j'en chercherais de pires dans nos villes.
Dans les taudis, du moins, la misère peut choir,
Quand la débauche vient lui jeter le mouchoir;
Et je ne serai pas, pour elle, plus sévère
Que ne le fut un jour le martyr du Calvaire ;
Mais quand on a de l'or, pour en avoir encor,
Aux baisers sans amour abandonner son corps!
Dans un pareil marché, quand l'âme s'est tuée,
L'épouse tombe au rang de la prostituée.
La femme qui reçut des dons de son amant
Peut les sanctifier, elle, au moins en aimant.
Mais lorsque sans amour la femme s'abandonne
En calculant les biens que son hymen lui donne,
Bien que cela se passe en face des parents,
Que des serments jurés les autels soient garants,
Qu'on en tire d'ailleurs vanité dans le monde,
Oh! malgré tout cela, voilà la chose immonde.

LES ENFANTS

A M. A. JUBINAL.

Lorsqu'en mon souvenir des enfants morts reviennent,
Tous n'ont pas conservé leur visage enfantin,
Ni les terrestres jeux dont d'autres se souviennent,
Ni les bluets parés des perles du matin.

Ceux à qui je disais, dans leurs jeux des pelouses :
Enfants, vous grandirez pour un bel avenir,
Toutes mères seront de vos mères jalouses ;
Tels que je les rêvais je les vois revenir.

L'un, né pour pénétrer un sublime mystère,
A deviné l'énigme et ne nous la dit pas ;
Et la science attend, l'oreille sur la terre,
Ce mot qu'il lui fallait pour avancer d'un pas.

Ceux dont les jeux étaient de rêver la bataille,
Qui n'aimaient que les feux, qui n'aimaient que les bruits,
M'apparaissent géants et redressant leur taille,
Hurlent parmi les monts dans d'orageuses nuits.

Mais ceux que j'aime mieux évoquer de la tombe
Sont les poëtes morts avant d'avoir chanté ;
Comme de l'amandier la fleur blanche qui tombe
Avant d'avoir mûri sous un rayon d'été.

Oui, tous ceux que le chant murmuré par leur mère
Fit sourire au berceau, maintenant, le trépas
Me les montre grandis, charmant le vieil Homère
Par des chants que chez nous l'on n'écouterait pas.

Leur front dut se briser ; leur tête était trop pleine
De ces songes si beaux qui troublaient leur sommeil;
Tel le fruit que Grenade étale dans sa plaine
Se rompt sous les efforts que fait son grain vermeil.

Ils ont eu le destin qui détruit sur la branche
Le nid du rossignol par le bec du vautour,
Et l'aiglon dans son œuf pris par une avalanche
Qui le doit sur les monts écraser sans retour.

On ne peut pas ravir sa proie à la nature,
Elle arrache à nos bras ceux que nous y pressons.
Est-ce d'ailleurs pour elle, est-ce pour sa pâture
Que récolte la mort quand nous la subissons?

La nature n'est pas comme la Bohémienne
Qui pour un sortilége a besoin d'un enfant,
C'est des jardins d'en haut la fée aérienne
Qui dans un pan d'azur l'emporte triomphant.

Mais je plains les vivants, lorsque dans les campagnes
Il me faut contempler avec des pleurs amers
Ceux qui respirent l'air du sommet des montagnes,
Ceux qui marchent pieds nus sur le sable des mers.

Ces enfants dans leur cœur n'apprenant pas à lire
S'ignoreront toujours eux-mêmes sans leçons ;
Quelques-uns sont pourtant une sonore lyre
A qui la main du maître eût fait rendre des sons.

C'est ainsi que l'enfant, hélas ! deviendrait homme
Pour labourer le sol les regards abattus,
Si le pays n'allait le prendre sous le chaume
Comme la liberté fit pour Cincinnatus.

LE CONDAMNÉ

Nul condamné ne buvait la ciguë
Avant qu'on vît du seuil de la prison
Delphes pâlir, et sur sa crête aiguë,
La nuit noircir les feux de l'horizon ;
De peur qu'alors en fermant sa paupière
Les pleurs versés ne fussent plus amers
Quand il verrait et les monts et les mers
Sous un ciel bleu baignés dans la lumière.

Pour se fermer son œil vient de s'ouvrir,
Aux noirs barreaux un beau jour vient d'éclore.
Que de clartés pour des yeux qu'on va clore !
Je ne veux pas qu'on le fasse mourir.

Qu'est-il besoin de me dire son crime ?
Sur l'échafaud tout homme est innocent ;

Le cœur s'émeut aux pleurs de la victime
Qui, pure alors, sort du ruisseau de sang.
Peut-être il fut poussé par la misère,
Loin du soleil il grelottait de froid,
La faim troublait son sommeil plein d'effroi,
Et son berceau l'endormit sans sa mère.

Pour se fermer son œil vient de s'ouvrir,
Aux noirs barreaux un beau jour vient d'éclore.
Que de clartés pour des yeux qu'on va clore!
Je ne veux pas qu'on le fasse mourir.

Il lui souvient là, sur la paille humide,
Du doux regard d'une chaste beauté;
Il la pressait de sa lèvre timide.
Quel avenir l'affreuse pauvreté
Brisa, le jour qui le sépara d'elle!
Son cœur n'avait que des désirs humains,
Et le poignard faisait frémir ses mains
Tant qu'à sa couche un amour fut fidèle.

Pour se fermer son œil vient de s'ouvrir,
Aux noirs barreaux un beau jour vient d'éclore.
Que de clartés pour des yeux qu'on va clore!
Je ne veux pas qu'on le fasse mourir.

Comme ses yeux à ce souvenir pleurent!
Comme deux bras se pendent à son cou!
Comme sa bouche, aux lèvres qui l'effleurent,
S'ouvre! et cela s'éteindrait tout d'un coup!

Dans les grands bois il est de frais ombrages,
Près des ruisseaux des gazons pour s'asseoir;
Le ciel répand ses brises sur le soir,
Et les rameaux agitent leurs feuillages.

Pour se fermer son œil vient de s'ouvrir,
Aux noirs barreaux un beau jour vient d'éclore.
Que de clartés pour des yeux qu'on va clore !
Je ne veux pas qu'on le fasse mourir.

MONTPELLIER

LES FEMMES ET LES FLEURS

Montpellier, c'est la ville où l'on peut, le matin,
Parfumer ses poumons d'air imprégné de thym.
On y voit au Peyrou la mer étincelante,
Qui baigne à l'horizon une plage brûlante ;
Des cieux ardents le jour, qui, lorsqu'ils sont voilés,
Du moins sur le fond noir ont des feux étoilés ;
Et là-bas des champs verts, que l'onde fraîche arrose,
Et puis les jasmins blancs mêlés à la fleur rose ;
Et le doux rossignol, poëte des buissons,
Dans le parfum des fleurs évaporant des sons.
On peut, sur l'Esplanade, aux rayons de la lune,
Rencontrer un œil noir saillant sur la peau brune ;
Car ce fruit de beauté, qu'un chaud climat mûrit,
Plus qu'à d'autres pays à celui-ci sourit.

2.

Cela fait que, parfois, quand l'Espagne voisine
Voit l'émeute agiter les torches de résine,
Et que par les grands monts, chemins souvent frayés,
Émigrent des essaims de femmes effrayés ;
S'il nous arrive alors une beauté choisie,
Fleur de la Catalogne ou de l'Andalousie,
Elle a moins de regrets pour les vierges en pleurs,
Compagnes d'autrefois aux pelouses de fleurs,
Dont la guitare sait les romances des Maures,
Ou qui dansent, le soir, au pied des sycomores.

O toi qui reproduis en marbre de Paros
Une femme, un poëte, un savant, un héros,
Si tu la copiais en une statuette,
Alors de Raphaël égalant la palette,
Ton ciseau, sur le marbre imitant son portrait,
Ferait de l'idéal pourtant à chaque trait.
Donne-nous donc aussi cette jeune créole,
Dont au front la beauté luit comme une auréole ;
Que de grâce à son corps vêtu du mantelet,
Qui jette les reflets du velours violet !
Souvent je me suis dit, passant à côté d'elles :
Ce sont anges du Ciel dont on coupa les ailes,
Afin de les fixer, comme à l'oiseau des champs,
Qui plaît par sa couleur ainsi que par ses chants.

MONTPELLIER

LES FACULTÉS

Pour la foule qui vient, aux feux du jour tombant,
Du vaste amphithéâtre occuper chaque banc,
Écoutant des partis la chance aléatoire,
Enseignement tombé de la chaire d'histoire ;
De quelques professeurs je vais dire le nom,
Et faire pour chacun une part de renom.
Au doyen les honneurs de ma première ligne,
De ce poste élevé nous le connaissons digne,
Comme aussi d'expliquer les classiques auteurs
Qui de Rome ou d'Athène habitent les hauteurs.
Mais nous ne voudrions pas que l'amour de l'antique
Lui fit sévèrement juger l'art romantique ;
. . . .
. . . .

A mes caustiques traits ton savoir te dérobe,
O trop grave Germain qu'enveloppe la robe,
Et sur toi, Jubinal, jeune homme de progrès,
Mon satirique vers tomberait à regret,
Si je te rappelais comment sut Démosthènes
Améliorer sa voix pour le public d'Athènes.
D'ailleurs je ne suis pas susceptible à ce point
De blâmer quelques traits que le goût n'admet point,
Et qui sont échappés pendant ta fougue ardente,
Comme il en échappait parfois aux vers de Dante.

Mais je voudrais surtout tes collègues moins lents
A parer du laurier des fronts étincelants.
A quoi bon sur leur chaire étaler l'ossuaire
Des poëtes sans nom cousus dans le suaire?
Tout est bon pour leurs cours... hormis ce siècle-ci,
Des auteurs ignorés, des fossiles aussi,
Qu'en leur stérile amour, de leurs mains d'antiquaires,
Ils vont pieusement mettre aux froids reliquaires.

Nous sommes cependant dans un siècle brillant;
Ne pourraient-ils parfois citer Chateaubriand,
Béranger, philosophe enseignant sur la lyre;
Barthélemy, si beau dans ses vers en délire;
Hugo, tout parfumé d'arome oriental;
Moreau, qui frissonnait sous son brouillard natal,
Enfant que doit aimer Barthélemy son maître,
Et chez qui Béranger pourrait se reconnaître,
Moreau, que le malheur nous a légué si grand,
Et que le siècle encor n'a pas mis à son rang;

Lamartine posant des pourquoi sans réponse,
Aigle qui manque d'air où son aile s'enfonce,
Mélancolique auteur, ami des premiers jours,
Que l'on aime à douze ans et qu'on aime toujours;
Et Dumas, qui vingt fois, pour la foule idolâtre,
A fait son piédestal des planches du théâtre.

J'ai des noms à marquer d'un vers approbateur,
Dans l'école où j'ai pris le bonnet de docteur :
Ribes, semant de fleurs des matières arides,
Front qui pense au-dedans sans se plisser de rides,
Dont j'étais le disciple et qui, souvent, à part,
De savants entretiens me faisait large part;
Lordat, dont nous aimons la magique éloquence,
Qui nous ferait parfois croire au dieu qu'il encense;
Lallemand, qui jamais n'adora les faux dieux
Que contemple à genoux la foule de ces lieux,
La vivante raison, la logique incarnée,
Dans le vif de l'erreur à tailler acharnée;
Et puis je vous dirai que cet homme de sens,
Messieurs les électeurs, est passible du cens...
Je le dis en passant, sur une libre page,
Un jour venu, je veux en dire davantage;
Je dirai d'autres noms aux étudiants chers :
Serre, habile à porter l'instrument dans les chairs,
Et qui, les soins aidant aussi bien que l'étude,
Peuple moins les tombeaux qu'on ne fait d'habitude.
Bérard à la physique a fait faire des pas.....
Et d'autres qu'aujourd'hui mon vers ne nomme pas.
Et vous, rassurez-vous, qui cherchez, l'œil avide,

Si j'ai dit ceux qui font des leçons dans le vide.

Mais quel est ce recteur, nain aux traits sans accords,
Formé d'angles aigus en pointe sur son corps?
On craint de se piquer à ses os en saillie.
Au temps de la basoche, ère de la folie,
Les jeunes bacheliers auraient cru sur les tours
Le voir courir la nuit faisant de méchants tours,
Agiter ses grelots, dansant sur les corniches,
Dans les machicoulis faisant aux saints des niches;
Et quand dans les couloirs s'éteignent les fanaux,
Mener l'impur sabbat des esprits infernaux.

Sa lèvre avec bonheur s'ouvre à la médisance,
Et si sa grêle voix connaissait la cadence,
En satire, je crois, devenant mon rival,
Le recteur monterait le classique cheval.
Au cours il a plumé plus d'un de ses intimes,
Des causeurs entretiens confiantes victimes;
Car dans son cabinet un mot dit au hasard,
Est, selon lui, jugé passible de la hart.
O confiant préfet, que dans son cours il nomme,
Pour avoir hasardé ton mot devant cet homme,
Aux rires du public périodiquement
Il jette ta bêtise ainsi qu'un aliment;
Et depuis, tu reviens risible Prométhée,
Supporter deux fois l'an sa morsure édentée.

Non, cela n'est pas bien; moi qui ris des travers,
J'émousse quelquefois la pointe de mes vers.

Si j'ai pour censurer droit aux choses publiques,
Devant l'homme privé j'ai des routes obliques.
Quand mon trait va vers lui, je le détourne ailleurs ;
Si trouvant en chemin tous nos plats rimailleurs,
J'ai d'étranges clameurs mon oreille assourdie,
De l'art que j'aime tant étrange parodie,
Je les laisse tremper leur plume dans l'égout,
Sûr qu'ils ne feront pas une tache au bon goût ;
Car j'ai vu chez Patras l'édition complète
De leurs fades écrits dont nul n'a fait emplète.
Et pourquoi donc alors nommer pour un affront
D'exécrables rimeurs honnêtes gens au fond?

Mais qu'un jeune poëte ait des chansons bien douces
Comme les chants d'oiseaux qu'on entend dans les mousses,
D'Auguste Galavielle alors je dis le nom,
Ou d'Henri Maffre encor, transfuge du renom,
Qui, s'il s'éveille un jour, secouant sa paresse,
Fait pleurer au sérail les captives de Grèce.

MADELEINE

C'était sous les palmiers : la jeune fille blonde,
Madeleine, aux yeux bleus, que tant de joie inonde,
Écoutait de Jésus les suaves aveux,
Et le vent du désert jouait dans leurs cheveux.
C'est qu'ils se bâtissaient, pauvres enfants du peuple,
Un oasis lointain que l'espérance peuple ;
Ils couvraient de feuillage une couche de fleurs,
Chevet que l'avenir exempterait de pleurs.
Oh ! que de poésie et d'amour! Madeleine,
Attentive, écoutait retenant son haleine.
Jésus était rêveur, bien loin dans le désert,
Son regard se plongeait; d'autres fois un concert
Qu'il semblait écouter au delà de la nue,
Le remplissait soudain d'une joie inconnue ;
Et rien n'interrompait le jeune homme rêvant,
Hormis des chants mêlés à l'orchestre du vent,
Alors qu'un chamelier, dans ses courses lointaines,
Venait boire les eaux qui coulent aux fontaines ;

Puis, Jésus lui disait : Je ne sais si je dois
Appréhender ou non l'avenir que je vois.
Si ces discours, formés de syllabes étranges,
Sont des cris de démons ou me viennent des anges,
Si j'ai droit de lever dans nos villes mon front,
Si je dois le courber comme sous un affront,
Ou si dans mon sommeil, comme il fait au prophète,
Le doigt de feu de Dieu s'est posé sur ma tête.
Folle idée ! Et pourtant j'en ai souvent tremblé.
Comprends-tu ? moi, prêcher pour le peuple assemblé,
Monter au Sinaï, comme autrefois Moïse,
Et le pousser du bras vers la terre promise !
Madeleine, vois-tu, je tremble en y pensant.
Tu ne m'aimerais plus si j'étais tout-puissant ;
Car, pour représenter le Seigneur sur la terre,
Il faudrait que mon front gardât la ride austère,
Et que mon œil n'eût plus de regards amoureux,
Et que mon cœur fût vide... Oh ! je suis plus heureux
De laisser ignorer mes jours dans la retraite,
De goûter à nous deux l'existence secrète ;
Puis, en pensant au soir pendant le jour entier,
Travailler à scier le bois du charpentier.

II.

Or, à Jérusalem Madeleine conduite,
Vit les jeunes Romains empressés à sa suite ;
Ils avaient des palais dorés, ces élégants,
Qui faisaient supplier leurs regards arrogants ;

Jésus, lui, n'avait rien, point de festin splendide,
Point d'hôtel somptueux, rien qu'une chambre vide,
Où parfois le génie, et c'était son seul bien,
Venait le consoler de ne posséder rien,
Quand les autres avaient pour leurs amours altières
D'éblouissants joyaux et de molles litières.
Dans la grande cité, témoin de ses appas,
Juifs et Romains en foule accourant sur ses pas,
Madeleine céda, mais son beau corps de femme
Fut du marché tout seul... elle garda son âme.

III.

Et ce fut un bonheur pour le monde à venir,
Pour ce monde d'alors, sur le point de finir.
Cette douleur, pour lui, fut la pire sans doute,
De celles qui bordaient son épineuse route.
Et comme il resta seul, son amour déborda,
Et de son cœur tombant au monde l'inonda.
Alors il ne songea plus qu'à l'errante vie;
A consoler les maux il mettait son envie;
Et l'on disait de lui de ces faits sans pareil,
Jusques à réveiller les morts de leur sommeil,
Tant sa bouche parlait un accent qui remue
Quelque chose vivant dans la poitrine émue.

Un jour qu'il enseignait dans la grande cité
Le peuple qui venait par sa vue excité,
Une femme passa; c'est de ces pécheresses,

De celles, disait-on, qui vendent leurs caresses;
Mais la femme qu'au doigt ainsi l'on se montrait,
Était distraite ailleurs, car son œil rencontrait,
Sur le front inspiré qu'on entourait d'hommages,
Un souvenir lointain, une riante image;
Et c'est dès ce moment qu'elle put ressentir,
Que ses yeux contenaient les pleurs du repentir.

IV.

Voyez-vous sur les bords de l'aride Provence,
Sur la cime des flots, un esquif qui s'avance?
Oh! c'est elle qui vient sur ces rocs inconnus,
Des coteaux au sommet écorcher ses pieds nus.
Dans les sentiers ardus que monte Madeleine,
Elle laisse son sang, comme l'agneau sa laine.
Son doux regard tourné vers le côté des mers,
Elle redit un nom baigné de pleurs amers;
Ses cheveux sans liens tombent sur son épaule,
Comme on voit les rameaux pendre aux branches du saule;
Elle n'a de parfums autour d'elle semés
Que ceux que prend la brise aux jasmins embaumés;
Elle ne sourit plus à la foule pressée,
Attendant pour la voir au seuil du Gynécée;
Elle ne songe plus, pour le luxe des sens,
Aux baumes renfermés dans les vases persans,
Depuis que l'on la vit à genoux et pleurante,
Sur les pieds de Jésus verser l'huile odorante.
Le contraste est affreux, elle rêve la mort,

Sur la mousse du lit, quand pâle elle s'endort;
Elle meurtrit son sein, et puis elle médite,
Devant un crâne humain dans l'antre qu'elle habite.
Oh ! c'est qu'elle aimait bien, c'est qu'elle vit un jour
Jésus, et se souvint de son ancien amour ;
C'est qu'en un corps léger, c'est qu'une âme amoureuse,
Au sein de ses plaisirs la rendait soucieuse ;
C'est qu'un moment d'erreur put laisser son cœur pur,
Comme, un brouillard passé, le ciel reste d'azur;
C'est que son premier rêve en son plaisir profane
Apparaissant soudain, alors la courtisane
Sentit son cœur ému de son premier amour,
Aussi pur, aussi fort qu'il fut au premier jour.
Et puis, il était mort, lui, mort dans un supplice,
Mort, pour que le destin du monde s'accomplisse,
Pour sceller de son sang ses discours, que souvent
Les jeunes gens d'alors écoutaient en rêvant.
Et c'est pour le revoir que cette femme blonde
Méditait le problème infini de ce monde,
Qu'au moment de sa mort au nôtre il promettait,
Et pour croire à des cieux que le Christ habitait.

AU CHRIST

O Christ! ô mon héros! lorsque le souvenir
Me fait dans le passé fouiller pour l'avenir,
J'aime te retrouver sous le soleil d'Asie,
Car là tu m'apparais brillant de poésie.
Je te vois le matin enfant prédestiné,
Ignorant le destin pour lequel il est né,
Courir sur les coteaux. Rien encor ne décèle
Dans ton regard d'azur la future étincelle.
Plus tard je te retrouve assis dans les déserts,
Semblant fixer un but dans le vague des airs.
Oh! je te reprendrai bien souvent pour mes odes!
Soit que l'apôtre en toi m'offre des épisodes;
Que ce soit le foyer dont nous ne lisons rien
Que ne saurait percer l'œil de l'historien,

Mais qu'on devine avec une âme de poëte,
Ma lyre pour le vers ne sera pas muette;
Car ces frais souvenirs te font surgir plus beau
Que les morts qu'ils t'ont fait évoquer du tombeau.
Écoute, quand chaque an la date nous ramène
Des jours de ton martyr la lugubre semaine,
Au tableau retracé de tes scènes de deuil,
Je n'ai point essuyé de larmes dans mon œil;
Car ton humanité résistait soutenue
Par ta force de Dieu qui planait dans la nue,
Et je m'étonnais, moi, qu'un Dieu fût impuissant
A sauver les mortels s'il n'épanchait son sang.
Malgré les noms divins dont leur erreur te nomme,
Pour te gagner des pleurs, moi je viens te faire homme.
Quand ta robe de Dieu laisse choir un lambeau,
Ne le ramasse pas, l'homme sera plus beau.
En ta tombe inconnue, oh ! si tu peux entendre,
Que ta divinité doit peser à ta cendre !
Si le souffle exhalé sur le monde à ta mort
Pouvait ressusciter ta dépouille qui dort,
Toi-même tu viendrais, impie, en ton Église
Humilier tes traits qu'un prêtre divinise.
Ce rôle qu'accourait voir le peuple béant,
Irait à ta hauteur, philosophe géant.
Mais que sert d'évoquer ta dépouille flétrie,
C'est nous qui lutterons avec l'idolatrie,
Et nous la contraindrons d'élargir la prison
Où te cache le pain à l'œil de la raison.
C'est bien flatteur pour toi qu'on dise que tu grimpes
Comme tant d'autres dieux sur tant d'autres Olympes :

Saturne, le mangeur d'enfants, y fut placé,
Mercure le voleur; ce n'était point assez,
D'inertes végétaux, des animaux immondes,
Ont tour à tour régné sur le trône des mondes.
L'homme l'a décidé, les mondes sont à lui,
Reçois-les, il t'en veut faire hommage aujourd'hui...
O pitié! c'est pleurer qu'il faudrait, non pas rire,
Mais il nous faut les pleurs pour ce qui reste à dire :
— Quand ils les ont pétris, des hommes inhumains
Ont imprégné tes traits du sang qu'avaient leurs mains;
Comme ils voulaient brûler leurs frères sur la terre.
Ils nous ont dit qu'un jour toi tu le devais faire;
Devant l'éternité des supplices, pour eux,
Qu'importait commencer plus tôt une heure ou deux?
Ai-je besoin ici de rappeler ces scènes
De cruelle avarice ou de désirs obscènes?
Le juif était puni de posséder de l'or
Dont le saint tribunal héritait par sa mort.
Vieillard, oh! croise bien le voile de ta fille,
De peur qu'un moine un jour ne la trouve gentille,
Et qu'elle refusant..... oh! si ta fille allait
Expier ce refus aux maux du chevalet!
Pour n'avoir pas voulu, sur une couche impure,
D'un ignoble prélat gangrené de luxure,
Que de fois dans les cris aux tenailles de fer
Une juive laissa les lambeaux de sa chair!
Je ne m'étonne plus que nos guerres civiles
Aient exilé ta croix du milieu de nos villes,
Car son bois vermoulu que le feu vient lécher
Communique bientôt l'incendie au bûcher;

Car c'est un gibet prêt, et le sol qui l'élève,
Quand les prêtres sont forts, devient Place-de-Grève
— Il est en Occident deux pays fortunés
Où pour des jours de paix les peuples semblent nés :
Sous un tiède climat où le rossignol chante,
Du barde plus qu'ailleurs la chanson est touchante.
Pour qu'en les comparant ces lieux te soient connus,
On dirait deux fragments de l'Orient venus.
Un beau peuple se chauffe au soleil comme à l'âtre ;
Quand l'étranger assiste à leur danse folâtre,
Des vierges au teint brun, dans les heures du soir,
Déploient tant de langueur quand elles vont s'asseoir,
Que, cédant à l'attrait de leurs douces prunelles,
Il laisse sa patrie et se fixe près d'elles ;
Et l'on y meurt d'amour, car bien souvent le leur
Sur une fraîche lèvre imprime sa pâleur.
Ces légendes du cœur chefs-d'œuvre du poëte
Sont écloses ici : Roméo, Juliette,
Françoise Rimini, Paulo, types d'amours,
Qui dans les cœurs ravis doivent vivre toujours.
Eh bien ! vois maintenant ces terres catholiques
Aux miasmes impurs, aux fétides reliques,
L'Espagne et l'Italie. O sol des orangers !
La mort, fruit du gibet, mûrit dans tes vergers ;
Là, le flot au doux nom qui baigne ces deux terres
Roule du sang humain dans deux fleuves artères,
Et le pêcheur, du Tibre en retirant ses rets,
Peut ramener des morts comme au Mançanarez.
— O philosophe fou, tu connaissais le monde,
Et tu marches pour lui vers un supplice immonde !

Tu vis pauvre, pourquoi? pour qu'après ton trépas
Tes prêtres gorgés d'or ne te ressemblent pas.
Quand tu chassas du temple, indigné de colère,
Des trafiquants, je crois, marchands de scapulaires,
Ou de tout autre objet que les prêtres du lieu
Vendaient aux bonnes gens qui les offraient à Dieu;
Tu voulais empêcher cette race maudite
De faire concurrence aux marchands d'eau bénite,
Afin de préparer le commerce nouveau,
Qui vend pour de l'argent le ciel même au dévot;
Afin que Borgia, qu'ils disent ton vicaire,
Fît de l'or en vendant les os du reliquaire,
Et pour qu'enfin, à bout, l'infâme trafiquant,
Tueur de cardinaux en refît à l'encan.

FIN DU PREMIER LIVRE.

www.ingramcontent.com/pod-product-compliance
Ingram Content Group UK Ltd.
Pitfield, Milton Keynes, MK11 3LW, UK
UKHW012121240726
13965UKWH00005B/1884